JEUNESSE

COLLECTION DIRIGÉE PAR **ANNE-MARIE AUBIN**

DE LA MÊME AUTEURE

SÉRIE AURÉLIE
Les Chats d'Aurélie, Montréal,
Les éditions Québec/Amérique Jeunesse,
coll. Bilbo 1994.

L'Île au Géant

Données de catalogage avant publication (Canada)

Gingras, Charlotte, 1943 -
   L'île au géant
   (Bilbo jeunesse ; 59)

   ISBN   2-89037-664-8
   I. Titre. II. Collection.

PS8563.I598I43 1995   jC843' .54   C95-940313-2
PS9563.I598I43 1995
PZ23.G56I1 1995

Les Éditions Québec/Amérique bénéficient du programme
de subvention globale du Conseil des Arts du Canada.

Dépôt légal :
2ᵉ trimestre 1995
Bibliothèque nationale du Québec
Bibliothèque nationale du Canada

Diffusion :
Éditions françaises
1411, rue Ampère
Boucherville (Québec)
J4B 5Z5
(514) 641-0514
(514) 871-0111 - région métropolitaine
1-800-361-9635 - région extérieure
(514) 641-4893 - télécopieur

Révision linguistique : Diane Martin
Montage : Cait Beattie

L'Île au Géant

CHARLOTTE GINGRAS
ILLUSTRATIONS : GENEVIÈVE CÔTÉ

ROMAN

QUÉBEC/AMÉRIQUE JEUNESSE

1380 A, rue de Coulomb
Boucherville, Québec J4B 7J4
Tél. : (514) 655-6084 • Fax : (514) 655-5166

L'auteure remercie, pour leur lecture attentive et leurs commentaires, Mesdames Michelle Allen, Danielle Brabant, Bianca Côté et Bernadette Renaud. Elle remercie également pour son soutien Madame Anne-Marie Aubin.

1
Le paradis

— Ah non! C'est pas vrai!

Aurélie et sa mère se regardent, incrédules. L'autobus, qui vient de disparaître au tournant, les a laissées sur le bord d'une route déserte. Un écriteau en forme de flèche indique « **Quai, 1 kilomètre** ». Un chemin de traverse serpente jusqu'au fleuve, là-bas. Il semble si loin. Il miroite sous le soleil d'été.

Les deux voyageuses jettent un coup d'œil découragé vers leurs bagages éparpillés autour d'elles : une grosse valise, une boîte de carton remplie de provisions, un sac bourré de livres, le sac à dos d'Aurélie et une cage. De la cage sort un gémissement désespéré.

— Fais-le taire, sinon je hurle, gronde Marthe, soudain exaspérée. Il a pleuré tout le long du voyage! Trois heures de route! Dans un autobus bondé! Et personne ne m'avait prévenue qu'il fallait marcher un kilomètre!

La petite fille aux cheveux nattés, sans un mot, s'agenouille devant la cage. Elle passe un doigt à travers les barreaux et flatte doucement une tête poilue. Un jeune chat tricolore la fixe intensément de ses yeux d'émeraude.

— Chut, mon Andalou, chut! murmure-t-elle. Nous sommes presque arrivés. Quand on sera rendus, je te laisserai sortir. Tu vas voir comme on va bien s'amuser tous les deux...

— Allons-y, il faut traîner tout ça jusqu'au quai, interrompt Marthe.

Elle empoigne la grosse valise à deux mains, Aurélie, son sac à dos et la cage d'Andalou. Elles marchent ainsi une vingtaine de mètres, déposent les objets au milieu du chemin. Elles reviennent au point de départ et refont le trajet avec le restant des bagages. Et recommencent. Font une autre vingtaine de mètres aller-retour. De cette façon, elles ne perdent rien de vue.

— Oh là là, ce que je voudrais être arrivée, se plaint Marthe, ployant sous le poids de la caisse de provisions. Quand je pense que je suis en vacances seulement pour une semaine!

— T'as apporté beaucoup de livres, soupire Aurélie. Même le dictionnaire...

— Et ton chat, répond Marthe sèchement, tu ne penses pas que tu aurais pu le laisser en ville?

Aurélie baisse le nez.

— En tout cas, grommelle Marthe, il est mieux de se tenir tranquille celui-là, sinon...

Toutes deux avancent lentement sur le chemin de terre, dans la chaleur torride de l'après-midi.

Aucune auto ne passe. Andalou, le museau contre les barreaux de la cage, les observe pendant qu'elles font leur invraisemblable va-et-vient de tortues.

— Le quai, enfin! dit Marthe d'une voix éteinte. Ça fait une heure qu'on trimbale nos paquets...

Au bout du vieux quai vermoulu, le fleuve s'étale, magnifique. De fines rides bleues le font frissonner jusqu'au large. Loin là-bas, presque au milieu de l'estuaire, on devine une mince ligne de rochers.

— Un bateau, maman, il arrive! Là!

Elles se laissent tomber près des bagages, haletantes, en nage, pendant que la chaloupe à moteur s'approche rapidement, longe le quai délabré, accoste en douceur. Un homme aux cheveux gris, avec un visage basané aux rides profondes, saute hors du bateau, attache les amarres.

— C'est vous qui venez au chalet de l'anse ? Je suis le gardien,
vite, dépêchez-vous, avec cette
chaleur, il va y avoir de l'orage !
À l'île, c'est toujours comme ça.
Le ciel resplendit de bleu et,
tout d'un coup, la brume se lève.

Il pleut à verse, oups! le soleil réapparaît comme par enchantement. Le calme et la tranquillité règnent, vlan! le vent du nord rapplique. L'île a l'humeur changeante!

Tout en parlant, il lance la valise et les sacs sans ménagement dans le fond du bateau. Il attrape la cage d'Andalou, la soulève à bout de bras pour mieux examiner l'animal.

— Attention à mon chat! implore Aurélie.

— Il est tombé dans plusieurs pots de peinture ou c'est toi, ma belle, qui l'as décoré? s'exclame l'homme en riant. Allez, venez, embarquez! Je vous emmène au paradis!

Il tend une main solide aux deux passagères.

— Je peux m'asseoir toute seule en avant? demande Aurélie, timidement.

Marthe veut protester.

— Ben pourquoi pas? À condition que tu ne te lèves pas debout. Et tout le monde met son gilet de sauvetage! Vous aussi, madame.

Aurélie prend la cage sur ses genoux. L'homme démarre et le bateau s'élance aussitôt sur les vagues, file au-dessus du fleuve chatoyant. Les nattes de la petite fille bondissent dans le vent salé.

— Regarde, Andalou, crie-t-elle, tout excitée, en pointant la ligne de rochers qui grossit rapidement, c'est là que nous allons en vacances! À l'île au Géant!

2

Reviens!

— Andalou, mon p'tit loup, t'es où? An-da-lou?

Aurélie pousse la porte-moustiquaire qui grince. Elle pointe son nez dehors et jette un coup d'œil vers la forêt sombre qui borde le chemin. Elle lorgne aussi du côté des rochers qui descendent, tel un immense escalier, vers l'anse aux Eiders.

— Aurélie, ferme la porte, ma chouette!

— Je ne vois plus mon chat! Andalou s'est éloigné dès que j'ai ouvert la cage!

— Aurélie! Les maringouins!

Depuis leur arrivée au chalet, Marthe court avec son journal, qu'elle n'a même pas encore lu, partout dans la grande pièce et la chambre. Elle a beau frapper les bestioles, on dirait qu'il en vient encore et encore. Une armée! Et quand on ouvre la porte-moustiquaire, elles s'engouffrent! C'est l'horreur!

Elle s'approche en catimini derrière sa fille, son journal replié dans son poing. Vlan!

— Aïe! Maman, ça fait mal!

— Elle s'était posée sur toi, la sale bête!

Aurélie se frotte le bras, le maringouin a eu le temps de la piquer avant que Marthe ne l'assassine d'un coup sec.

— Ne te gratte pas!

— Maman, geint Aurélie, je veux aller chercher Andalou, il est trop petit, il va se perdre. Maman, s'il te plaît...

— Oh! arrête tes jérémiades! lance Marthe, énervée. Tu ne vas nulle part sans moi, tu m'entends? Tu te rappelles que le gardien nous a dit d'être très prudentes dans la forêt? Eh bien justement, la forêt commence à côté du chalet. Et puis l'orage s'en vient.

Aurélie se tait. Elle s'approche de la fenêtre. C'est vrai que de lourds nuages anthracite courent au-dessus du fleuve. Elle cherche du regard son cher Andalou.

Avec ses taches de toutes les couleurs, on devrait le voir de loin, pourtant! Et s'il allait s'enrhumer sous la pluie? Il est encore si jeune, à peine cinq mois. Peut-être même que des bêtes féroces le guettent à l'orée de la forêt? Des renards, des carcajous, des loups?

— Maman, est-ce qu'il y a des loups sur l'île? Des ours?

— Mais non, quelle idée, une île minuscule! À peine quatre kilomètres de long sur un kilomètre de large! Tiens, viens plutôt m'aider à défaire la valise. Il va revenir, ton Andalou! Les chats sont comme ça, tellement indépendants. As-tu vu comme l'anse est belle? ajoute Marthe, radoucie. Oh, les familles de canards qui passent à la queue leu leu, juste en bas des rochers! Les petits nagent tout près de leur mère, ballottés par les vagues!

— Des eiders, maman, pas des canards, le gardien l'a dit, marmonne Aurélie. Les mamans élèvent leurs bébés toutes seules...

— Et c'est pas facile, glisse Marthe, pensive tout à coup.

La pluie commence à tomber. Le tonnerre gronde méchamment.

— Demain, poursuit Marthe en rangeant les vêtements dans l'armoire, nous prendrons le sentier qui traverse la forêt, nous irons à la plage du nord et de là nous marcherons jusqu'au phare.

Aurélie, qui n'écoute plus, trace des lettres avec un doigt sur la vitre embuée.

— Et puis, nous avons l'île à nous toutes seules, n'est-ce pas merveilleux? Aucun visiteur cette semaine!

Aurélie fixe longuement le mot qu'elle vient d'écrire : ANDALOU.

— Mon p'tit loup, chuchote-t-elle, reviens.

Elle efface les lettres avec la main.

Marthe, sa bonne humeur revenue, a fini par tuer tous les maringouins et, tant qu'à y être, une mouche ou deux. Elle a rangé les provisions, empilé ses livres, les plus gros en dessous, les plus petits par-dessus, en forme de pyramide. Elle a même allumé un feu dans le poêle à bois.

— Et maintenant, je vais préparer des pâtes au *pesto* comme Vincent m'a montré. Tu te rappelles, Aurélie, lorsqu'il nous a invitées à souper, comme tu as aimé les spaghettis avec l'ail, le basilic et le parmesan ?

Aurélie, qui n'a pas bougé, scrute sans relâche le sous-bois de l'autre côté du chemin de terre.

— Oh ! Et j'oubliais ! J'ai une surprise pour toi, ma chouette.

Regarde ce que j'ai apporté dans nos bagages!

Pendant une demi-seconde, Aurélie frémit. Et si sa mère avait enfoui au fond de la grosse valise la poupée blonde qu'en secret elle déteste tant, l'affreuse King Kong*? Mais non, impossible! Elle est bien trop grosse pour entrer dans une valise!

— Un jeu de scrabble! On va pouvoir jouer ensemble tous les soirs. Et on ira voir les couchers de soleil de l'autre côté de l'île. Et on se fera du chocolat chaud, je lirai tous mes livres... Mais... mais voyons, qu'est-ce que tu as?

— Rien, murmure Aurélie, dont les grands yeux sombres, soudain, ressemblent aux fenêtres embuées du chalet.

Un éclair zèbre le ciel, dévoilant les épinettes déchiquetées qui bordent l'anse aux Eiders.

---

* Voir *Les Chats d'Aurélie*.

— On aurait donc dû le laisser en ville, soupire Marthe, qui vient de comprendre. Vincent ou un autre voisin s'en serait occupé. Ah! toi et ton chat de malheur...

3

Ni loups ni barracudas...

L'orage s'est arrêté pendant le souper, juste le temps de manger les pâtes au *pesto*. Mais, presque tout de suite, d'autres nuages noirs sont accourus pour déverser leur pluie violente sur l'île. Il fait de plus en plus sombre, le tonnerre roule avec fracas sur le fleuve agité de houle.

Aurélie et sa mère sursautent chaque fois que le tonnerre explose.

— Je n'ai jamais vu nulle part d'orages aussi déchaînés, murmure Marthe, pas très rassurée.

La lampe s'éteint brusquement, le réfrigérateur pousse un soupir, la voix de la radio, qui annonçait du beau temps, s'interrompt.

— Une panne d'électricité!

Et, au même moment, on frappe à la porte à grands coups.

— Maman!

Sans attendre, la porte s'ouvre en gémissant. Le faisceau d'une lampe de poche les aveugle à moitié.

— Aaah! hurlent en même temps Marthe et Aurélie.

Derrière la lampe de poche, un garçon d'au moins douze ans, vêtu d'un ciré jaune dégoulinant, entre en faisant une énorme flaque d'eau. L'apparition sourit avec des dents blanches et longues, des dents de lion.

— Tout est à votre goût? Il y a assez de bois sec? Avez-vous besoin de... ça?

Comme un magicien, il sort de sa poche une boîte de chandelles.

— Et de... ça?

Cette fois, il farfouille dans une autre poche et brandit un flacon.

— De l'insectifuge à la citronnelle! clame-t-il. Une recette

spéciale, que seul mon oncle connaît. Il ne faut jamais sortir dehors sans cette potion magique!

Aurélie et Marthe, encore tout éberluées de cette apparition, restent bouche bée.

— Je m'appelle Antoine, continue le garçon, imperturbable. J'habite à la maison du phare pour l'été avec mon oncle le gardien. C'est lui qui m'envoie.

— Mais... mais comment es-tu venu jusqu'ici? finit par articuler Marthe.

— Ben à vélo! Par l'unique chemin de l'île! J'ai vu une éclaircie, j'ai pensé que j'avais le temps de faire le trajet entre deux orages... Je me suis trompé!

— Mais ne reste pas planté là, dit Marthe, viens te sécher. Veux-tu un chocolat chaud?

Antoine ne se fait pas prier. Il enlève ses bottes, son ciré, et abandonne sa grande flaque d'eau près de la porte. Il s'approche de la table.

— Oh! un jeu de scrabble! Moi, je suis pas mal bon.

Marthe éprouve toujours une sympathie immédiate pour toute personne qui s'intéresse aux mots, à la grammaire et à l'orthographe.

— Veux-tu jouer une partie avec nous? demande-t-elle, de plus en plus contente de cette visite imprévue. Je m'appelle Marthe et voici ma fille, Aurélie.

Pendant que Marthe met le lait à chauffer et qu'Antoine allume une chandelle, Aurélie distribue les lettres du jeu de scrabble.

— Tu n'as pas vu mon chat sur le bord du chemin? lui demande-t-elle, mine de rien.

— Si tu parles d'une drôle de bête picotée, la moitié du museau orange et l'autre moitié noire, oui je l'ai aperçue, pas loin d'ici, à la lueur d'un éclair.

— Tu... tu l'as pas ramené? chuchote Aurélie, un peu d'espoir au fond des prunelles.

— Ben... j'y ai pas pensé. Et puis, il s'est sauvé quand il m'a vu...

— Il va se perdre et les bêtes féroces vont le dévorer, murmure Aurélie. Il y en a beaucoup, dans la forêt, des bêtes féroces?

— Bof! Il y a bien quelques renards et quelques coyotes, sur l'île, qui ne détesteraient pas croquer un pt'it minou... Mais pas de loups, ni d'ours. Ni serpents à sonnettes, ni barracudas, ni panthères non plus, en tout cas pas dernièrement.

Il s'esclaffe. Aurélie ne le trouve pas drôle. Il lui parle comme si elle avait trois ans! Alors qu'elle en a huit et qu'elle a fini sa deuxième année.

— Non, les pires ennemis, ce sont les maringouins, les marécages, les...

Il s'interrompt, les yeux brillants.

— Ah! Ah! les belles lettres que j'ai là! rugit-il.

Puis, se ravisant, il sourit avec gentillesse.

— On va te laisser des chances. Tu es encore bien jeune pour ce jeu-là! Surtout avec un adversaire redoutable comme moi!

— Oh, c'est pas nécessaire, je me débrouille, ronchonne Aurélie, qui ne peut s'empêcher de jeter des coups d'œil par la fenêtre, vers la nuit noire et la pluie. «Au moins, il ne s'est pas éloigné», pense-t-elle.

Marthe vient les rejoindre avec les tasses de chocolat chaud. Tous les trois, à la lumière vacillante de la chandelle, examinent leurs lettres.

— G-É-A-N-T, annonce Marthe, qui ouvre le jeu. Ça donne... 6 points seulement. Un bien modeste début! Au fait, pourquoi l'île s'appelle-t-elle l'île au Géant?

— Vous verrez demain, sourit Antoine, quand vous irez à la plage, au nord... C'est le secret de l'île.

Tout en parlant, il dépose fièrement ses sept jetons au milieu du jeu.

— Avec le T de géant, j'écris T-O-R-D-E-U-S-E, je marque 13 points! Plus un supplément de 50 points parce que j'ai utilisé toutes mes lettres! Un total de 63 points! Je suis un vrai champion!

— Tordeuse? demande Marthe, sceptique.

Elle tend la main vers le dictionnaire. Une vérification s'impose. Mais Antoine l'arrête d'un geste.

— Des papillons ont dévoré les épinettes, il y a plusieurs années, explique-t-il avec autorité. Plusieurs conifères ont perdu toutes leurs aiguilles. Les papillons s'appelaient des tordeuses. Sur l'île, elles ont ravagé des centaines d'arbres. Vous avez vu, près du chalet, la zone des épinettes sèches? On l'appelle la forêt morte... Et toi, Aurélie, c'est quoi ton mot?

C-H-A-T-O-N, écrit Aurélie sans rien dire.

— Mais arrête de penser à lui! s'exclame Marthe, excédée. On n'est pas bien, là, tous les trois, à jouer au scrabble? Tu viens de marquer 11 points! Il se cache quelque part autour de la maison, ton chat, et on va le retrouver demain matin. Il apprend son métier de chasseur d'oiseaux! Il a trop de plaisir pour vouloir rentrer tout de suite!

— Mais Andalou n'aime pas la pluie, proteste Aurélie. Et il ne mange pas les oiseaux!

Les deux autres la contemplent comme si elle allait encore à la maternelle.

— Vous ne comprenez rien, sanglote la petite fille en s'enfuyant dans la chambre. Andalou, c'est mon ami!

4

La sorcière

Andalou pleure. Il pousse des cris perçants de bébé chat. Il est tout seul, assis à l'orée de la forêt sans fin. Derrière lui, des arbres noirs et cassés. Il ne sait plus quelle direction prendre pour retrouver son chemin.

Aurélie veut le rejoindre, le prendre dans ses bras, le ramener à la maison. Mais que se passe-t-il? Des fils invisibles s'enroulent autour de ses chevilles, autour de ses poignets. Dans son dos, une sorcière ricane. Elle lui a jeté un sort, elle l'a entourée de ses fils qui, lentement, tissent un cocon autour d'elle. Là-bas, le jeune chat crie de peur et de solitude.

Aurélie essaie de se débarrasser des fils ténus, mais ils s'entortillent autour de son corps, de plus en plus serrés, de plus en plus nombreux. Les fils commencent à s'enrouler autour de son cou, passent même sur sa bouche. La sorcière veut lui mettre de force une jolie robe, lui enfiler des chaussettes blanches et des souliers vernis. Aurélie voudrait lui expliquer qu'elle revêtira la robe rose plus tard, une autre fois. Là, tout de suite, il faut sauver Andalou! C'est urgent! Mais plus elle essaie de bouger, plus les fils invisibles se resserrent.

Plus étrange encore, Aurélie, maintenant vêtue de rose, ses cheveux presque blonds, ressemble à King Kong! Oh non! Quelle horreur! Elle est devenue King Kong!

Elle tente un dernier effort pour se libérer du cocon qui la retient prisonnière. Elle essaie de tendre la main vers l'orée de la forêt. Elle veut crier «Attends-moi! Ne t'en va pas! Je viens!» Mais aucun son ne sort de sa bouche. Elle est complètement paralysée. Andalou, à la lisière des arbres, là-bas, se lève et commence à marcher tristement au hasard, hésite, puis s'enfonce au plus profond de la forêt sans fin.

— Andalou!

Aurélie se réveille d'un coup, emmêlée dans ses couvertures et son cauchemar. Mais où se trouve-t-elle? Où est son chaton qui, d'habitude, dort au pied du lit, le museau entre les pattes?

Marthe, dans le lit jumeau juste à côté, geint et se retourne sur le ventre. Le cri de sa petite fille est-il entré dans ses rêves? En tout cas, elle ne se réveille pas.

Aurélie, encore tremblante, rejette ses couvertures. Pieds nus, elle court dans la grande pièce et inspecte toutes les fenêtres. Le soleil se lève à peine de l'autre côté de l'anse et pourtant il fait déjà danser ses rayons sur le fleuve. La lumière de l'aube n'a pas encore pénétré la forêt aux ombres mystérieuses...

Mais Andalou n'apparaît pas. Elle savait bien qu'il s'était perdu. Hier soir, Antoine et sa mère ont raconté n'importe quoi. Ils s'en moquent, eux, qu'Andalou soit disparu. Mais elle, Aurélie, n'a rien à voir avec la stupide poupée de son cauchemar. Il faut bouger! Tout de suite!

Elle retourne dans la chambre sur la pointe des pieds, enfile son pantalon molletonné et son chandail à capuchon. Elle voit le flacon de lotion à la citronnelle sur la table de chevet, hésite puis le saisit d'une main. Dans la cuisine, elle prend deux tranches de pain, attrape une banane et deux sachets de croquettes pour chat, un carton de lait. Dépose sans bruit les victuailles dans son sac à dos. S'approche de la porte.

— Ne grince pas, supplie-t-elle. Je t'en prie, ne grince pas.

La porte, comme par enchantement, s'ouvre sans aucun bruit.

Dehors Aurélie, soulagée, prend le temps d'enfiler ses chaussettes et ses souliers de course et fait deux nœuds à ses lacets, comme Marthe le lui a enseigné. Elle empoigne le sac à dos. Il pèse un peu lourd, mais mieux vaut prévoir. Qui sait combien de temps cela prendra pour retrouver Andalou?

Avant de partir, elle inspecte les abords du chalet. Elle vérifie au pied des trembles, sous les framboisiers, près des épilobes roses. Elle jette un coup d'œil du côté de l'anse et appelle doucement : « Mon p'tit loup, viens, sors de ta cachette! » Mais son cœur lui dit que le chaton n'est pas aux alentours. Sinon, il serait venu la rejoindre bien avant, il n'aurait jamais passé la nuit dehors loin d'elle. Elle connaît bien son Andalou.

Elle s'engage résolument sur le chemin qui longe la forêt en direc-

tion du quai. À sa droite, une per-
cée entre les arbres. Un sentier se
faufile à travers les épinettes
noires. Que faire? Pénétrer dans la
forêt toute seule? Non. Bien sûr
que non. Il vaut mieux marcher
sur le chemin de terre, décide-
t-elle, retourner jusqu'au quai où
ils ont accosté hier. Et appeler,
appeler sans cesse le chat perdu.

Mais soudain, dans le silence,
un horrible grincement. La porte
du chalet! Marthe s'est réveillée!

Une voix aiguë, terrible, résonne
dans toute l'anse aux Eiders.

— Aurélie! Reviens ici tout de
suite!

Aurélie, sans réfléchir, s'élance
dans l'étroit sentier de la forêt
morte.

5

Des yeux à travers les branches

Aurélie court longtemps sans s'arrêter, elle court à perdre haleine, son sac rebondit dans son dos. Elle veut fuir jusqu'à l'autre bout de l'île, et encore plus loin jusqu'au bout de la terre. Ne plus entendre la voix de colère de Marthe. Plus jamais. Des branches griffues la giflent au passage. Elle court comme un lièvre, comme un chevreuil, comme une panthère noire, l'animal le plus rapide du monde. Le sentier se rétrécit, ne devient plus qu'un mince serpent qui ondule à travers la forêt.

— Aïe !

Elle n'avait pas vu la grosse racine. Elle culbute la tête la première, fait un roulé-boulé de parachutiste et s'étale de tout son long.

Étourdie, le souffle court, elle tâte ses genoux, sa tête, ses bras. Non, elle n'a mal nulle part. Elle a atterri sur un tapis d'aiguilles de conifères. Seulement quelques égratignures sur les joues. Elle tend l'oreille. Rien.

— Aïe!

Un maringouin! Un autre! Des millions de maringouins vrombissent autour d'elle!

Aurélie sort le flacon de son sac au plus vite. Elle applique la lotion sur son visage, son cou, ses bras.

Ouf! Les bestioles tournent autour mais ne se posent plus sur sa peau. La potion du gardien est bel et bien une potion magique. Protégée, Aurélie regarde maintenant autour d'elle. Personne. Marthe ne la retrouvera pas ici.

Sa respiration se calme lentement. Mais peu à peu le malaise revient se nicher dans sa tête. Retrouver Andalou, ce n'est pas si simple... Par où commencer les recherches?

Est-il passé ici, comme elle, en prenant le sentier de la forêt morte? Pas si morte que ça, d'ailleurs, remarque Aurélie, toujours assise par terre. Des lichens s'accrochent aux branches sèches comme une chevelure vert de gris. Sur le sol, à travers les aiguilles rousses, de nouvelles pousses de sapins et d'épinettes percent à travers les champignons et les fleurs de sous-bois. Et ces arbres, ils ne sont pas tous morts, quelques-uns, là-haut, balancent légèrement leur cime verte dans la brise. Antoine monsieur-je-sais-tout a exagéré.

Mais qu'arrive-t-il? Elle croit percevoir un froissement, là, vers la gauche. Elle se lève, sur le qui-vive, tente quelques pas hors du sentier. Encore des légers craquements. Un animal a bougé, là... Aurélie se penche sous les branches sèches.

— Andalou?

Elle doit se mettre à genoux puis se couler sous les branches pour avancer un peu plus loin.

Brusquement, juste sous son nez, un lièvre bondit, la reluque une seconde de son œil rond, tout surpris, les oreilles dressées. Il prend un élan sur ses longues pattes de derrière et disparaît sous les fourrés. Andalou aurait-il utilisé, lui aussi, les chemins secrets des lièvres?

Presque tout de suite, un autre bruit ténu.

— Andalou, c'est toi?

Elle se faufile encore plus avant. Elle marche à quatre pattes sous les branches basses, pénètre dans le sous-bois de plus en plus dense.

Elle se rappelle tout à coup que le gardien a dit, hier, de ne jamais quitter les sentiers forestiers sur l'île. Dans la forêt, quand on n'a pas l'habitude, on perd le sens de l'orientation.

Vaudrait-il mieux faire marche arrière, alors? Mais où se trouve l'étroit sentier? Aurélie recule, se retourne. Là? Ou là? Non. C'est sûrement ici. Il faut que ce soit ici.

Elle s'aperçoit, avec un pincement dans la poitrine, qu'elle ne reconnaît plus la forêt. Elle a dépassé la zone des épinettes mortes debout. Ici, la plupart des arbres sont bien vivants, bien verts et encore plus hauts. Des fougères, des troncs d'arbres couchés, moussus, peuplent le sous-bois. Il devient de plus en plus difficile d'avancer... ou de reculer. Les bruits qu'elle entend, elle s'en rend bien compte, ça peut être n'importe quoi, un autre lièvre, un renard roux, un écureuil, un oiseau. Elle n'ose pas penser à un animal plus gros. Elle se rassure un peu. Il n'y a pas d'ours sur l'île, ni loups ni barracudas. Elle sourit faiblement en pensant aux blagues d'Antoine. Antoine, qui se pavanait et qu'elle trouvait, hier, insupportable, voilà qu'il lui manque tout à coup. Il saurait, lui, s'y retrouver.

À sa droite, Aurélie perçoit un bruit différent, une sorte de chuintement ou de clapotis, peut-être. Elle s'approche en rampant, sur les coudes et les genoux, sous les énormes branches basses.

— Oh! Un ruisseau! Et une clairière!

Le ruisselet serpente, paisible, avec son doux murmure d'eau. Une mousse de velours vert s'étale entre le bord du ruisseau et les conifères. Quelques fleurs sauvages se balancent dans la brise : des mauves, quelques marguerites, des épilobes roses. Aurélie s'assoit au milieu de cette beauté. Elle a besoin de réfléchir.

Elle a été stupide de quitter le sentier, elle ne retrouvera pas Andalou en tournant en rond dans la forêt n'importe comment ! Il n'a pas dû s'éloigner autant. Il lui faut absolument retourner sur ses pas. Sans que Marthe la voie ! Et puis... elle n'a pas peur, non, mais elle est quand même toute seule au milieu de nulle part avec des bruissements inquiétants qui viennent de partout. Elle ne sait pas où se dissimule son bel Andalou, elle ne sait plus comment rejoindre le sentier.

Elle reste assise sur la mousse étoilée et ne bouge plus. Où aller ?

Mais ces nouveaux craquements qu'elle entend, là, soudain, l'inquiètent. Des craquements bien trop forts cette fois pour les pattes d'un petit chat !

Dans la pénombre de la forêt, Aurélie ne distingue rien. Puis, elle devine une forme sombre qui remue légèrement, s'arrête. Quelqu'un la fixe à travers les branches!

— Qui est là? chuchote-t-elle en frissonnant.

Devant la petite fille, un jeune chevreuil jaillit gracieusement sur ses longues pattes. Il agite les oreilles et la toise d'un air effarouché. On dirait qu'il demande : «Est-ce que je peux m'approcher sans crainte?»

Aurélie, sous le charme, ne tente aucun geste. Le fragile animal, de sa démarche élégante, s'approche du ruisseau à quelques mètres d'elle. Il tend le cou, trempe son museau noir dans l'eau cristalline. Il boit. Entre deux lampées, il relève la tête et la regarde encore, surpris de cette présence inhabituelle. Que vient faire ici cette créature sans panache, avec des brindilles piquées çà et là dans ses nattes emmêlées?

Puis, tout aussi vite qu'il était venu, d'un bond souple, il s'enfuit en suivant les méandres du ruisseau. Avant de disparaître complètement, il agite comme un drapeau sa menue queue blanche. « Par ici... par ici... »

— Ne t'en va pas tout de suite, chuchote Aurélie, désolée. Et tu connais la forêt, toi, chanceux!

Une idée jaillit dans sa tête. Mais oui! Elle n'a qu'à suivre le ruisseau pour sortir de la forêt! L'eau se jette dans le fleuve, c'est certain!

Aurélie, toute son énergie revenue, se remet en marche. Elle suit, comme le chevreuil, les courbes du ruisselet qui chante et glougloute à travers la forêt de l'île.

6

Le désespoir

Aurélie avance souplement sur cette belle mousse élastique qui borde le ruisseau de part et d'autre. Le son de l'eau, le gazouillis des oiseaux et leur froufroutement d'ailes l'accompagnent. De temps en temps, elle se penche au-dessus de l'eau transparente et boit une grande gorgée.

Pour se donner du courage, elle parle tout haut, comme si un ami l'accompagnait.

— Je vais jusqu'au fleuve. Ensuite, je trouve le phare! Antoine va venir m'aider! Il sera mon guide dans la forêt. Quand j'aurai retrouvé Andalou, je...

Mais elle ne veut pas se préoccuper de cela tout de suite. Juste à ce moment, son pied s'enfonce profondément dans quelque chose de mou et de glacé.

— Beurrrk! Qu'est-ce que c'est?

La mousse verte devient toute spongieuse! Aurélie s'enfonce dans l'eau jusqu'aux chevilles!

— Un marécage! Le ruisseau se transforme en marécage! Oh non!

Le ruisseau s'est perdu à travers les mousses vertes. Aurélie, les pieds mouillés, contemple ses souliers de course noirs de boue.

— Si maman voyait ça, elle ne serait pas contente!

Son ventre se serre. Elle croit entendre Marthe l'accuser : « Tu t'es sauvée! » Elle imagine son doigt menaçant. Mais elle secoue la tête et chasse cette pensée le plus loin possible.

Devant Aurélie, la végétation a encore changé. Des arbres feuillus, étrangement penchés, semblent pousser directement hors du marécage, presque couchés. Les branches pendent au ras du sol boueux, entrelacées, inextricables. Jamais elle ne pourra passer à travers cette jungle. Surtout en pataugeant jusqu'aux chevilles, jusqu'aux mollets, qui sait, jusqu'aux cuisses!

Qu'a dit le gardien, déjà? Pour contourner les marécages, il faut rester près des conifères.

— Mais ça va prendre du temps! Et mon Andalou?

L'inquiétude, encore plus lourde qu'avant, vient se lover dans le ventre d'Aurélie. L'enfant se remet à ramper sous les branches et les arbustes, en essayant de ne pas perdre le marécage de vue. Elle n'a pas le choix. Pour sortir de cette forêt pleine de pièges, il faut entreprendre un long détour.

— Mon minou, mon p'tit loup, où te caches-tu? Si tu venais me rejoindre, j'aurais moins peur...

Des larmes veulent déborder. Aurélie les retient, autant qu'elle peut. Elle marche longtemps, des fois debout, la plupart du temps à quatre pattes, comme un animal.

Le marécage, peu à peu, semble se résorber. Le sol s'assèche, la forêt de conifères reprend toute la place. Mais le ruisseau, lui, ne reparaît pas... Cette fois, Aurélie a perdu tous ses repères.

En levant la tête, elle voit, loin au-dessus d'elle, le faîte des hauts arbres bouger contre le ciel bleu et vide. Là-haut, le vent siffle et gémit, les têtes vertes se balancent violemment. Une bande de corneilles noires passent dans un battement d'ailes. Leurs croassements la font tressaillir. Un cri aussi affreux, c'est sûrement un mauvais présage, pense Aurélie.

Autour d'elle, la forêt déchiquetée, des branches qui piquent comme des lances, les troncs d'arbres géants couchés qu'elle doit escalader comme on escalade des montagnes. Des moustiques carnivores qui tournoient sans cesse. Qui sait, peut-être qu'Antoine n'a pas tout dit et que des animaux sauvages sont là, à l'affut, prêts à la dévorer.

Aurélie, les larmes coulant sur ses joues, continue d'avancer au hasard, n'importe comment. Sans guide, sans boussole, sans repères, sans rien, pourra-t-elle jamais sortir d'ici?

« Et puis, pense-t-elle, même si je retrouvais mon chemin, je ne pourrais pas retourner au chalet. Maman est trop fâchée... » Aurélie imagine le visage de sa mère tordu par la colère. Un visage de sorcière. Elle secoue la tête de toutes ses forces pour chasser cette image.

Soudain, un épouvantable craquement. Quelque chose cède. Un vacarme monstrueux, qui grandit, grandit encore. Aurélie, affolée, se jette sur le ventre. Un arbre gigantesque, au ralenti, commence à pencher. Il ne tient plus debout! Mais il va tomber! Il tombe! Aurélie hurle comme une bête.

L'arbre s'abat dans un bruit de fin du monde.

Puis un silence encore plus effrayant s'installe. Les oiseaux ont fui. Le vent s'est tu.

Aurélie, recroquevillée, les bras sur sa tête, ne peut plus bouger tellement elle a peur. Sa tête est vide. Elle ne pleure plus.

Elle reste là longtemps, pétrifiée comme une statue, complètement paralysée.

Puis, lentement, très lentement, Aurélie lève la tête, contemple le grand arbre tombé.

— C'est vrai que j'ai désobéi, dit-elle en tremblant. Je me suis sauvée... Mais toi, maman, m'aurais-tu aidée à chercher mon Andalou ?

Ses mots se brisent dans le silence.

— Est-ce que je pouvais abandonner mon ami ? Il n'a que moi pour le protéger. Il n'a que moi et il est si petit...

Personne ne répond. Autour d'Aurélie, on dirait que le temps s'est arrêté.

— Peut-être qu'il est mort, maintenant, murmure-t-elle, comme le chat noir...* Mais lui, au moins, je tenais sa patte et lui chuchotais des mots d'amour.

Aurélie n'a plus aucun courage. La vie est trop difficile pour une enfant perdue, prisonnière d'une forêt maléfique. Se coucher, s'endormir et ne plus se réveiller jamais, il n'y a rien d'autre à faire. Elle ferme les yeux, exténuée. Les minutes s'étirent...

Doucement, autour de la petite fille immobile, la pendule du temps se remet en marche. Les oiseaux reviennent peu à peu. Les bruissements et les frôlements de la forêt se font entendre de nouveau.

Dans un demi-sommeil, Aurélie perçoit un bruit ténu, un froisse-

------

* Voir *Les Chats d'Aurélie*.

ment entre les fougères. Un lièvre, encore. Ou un mulot. Une couleuvre. Qu'importe à présent.

— Merrouin? Merrouin?

— Les lièvres ne miaulent pas, soupire Aurélie, refusant d'ouvrir les paupières. Ni les écureuils. Ni personne. Laissez-moi tranquille.

— Mrrr... Mrrr...

Elle entrouvre un œil, à peine.

Sous les fougères géantes, à deux pas, des taches rousses, blanches et noires... Une petite tête penchée... Des yeux d'émeraude qui la dévisagent intensément.

— Andalou!

Le jeune chat, d'un bond, vient frotter son museau contre la main d'Aurélie.

— Andalou! T'es vivant!

Il grimpe sur ses genoux, se frotte contre son cou. Il ronronne comme un moteur de camion.

— Ton oreille saigne un peu, là. Tu t'es battu? Tu as mal?

Aurélie, éperdue, le prend dans ses bras, le serre contre sa poitrine. Elle tremble de partout. Elle pleure et rit en même temps.

— Mon p'tit loup! C'est toi qui m'as retrouvée!

7

Assassin !

Près de l'arbre abattu, dans une alcôve formée par les racines qui pointent vers le ciel, tel un immense éventail, Aurélie installe leur campement provisoire.

— On va faire un conseil de guerre, déclare-t-elle. Mais d'abord, manger ! J'ai faim, j'ai faim, j'ai faim !

Elle déballe ses provisions. Le pain, la banane toute molle, les croquettes pour chat, le litre de lait. Elle verse un peu de lait dans sa main et l'offre à son Andalou. Il lèche tout le liquide jusque dans le creux de sa paume, et la chatouille de sa minuscule langue rêche. Elle rit.

— Veux-tu des croquettes, mon p'tit loup ?

— Merrouin, fait Andalou, ce qui signifie cette fois-ci « non merci, ça va ».

Il commence tranquillement une longue toilette de chat, léchant d'abord une patte, puis la passant derrière l'oreille. Il se tord ensuite le cou pour atteindre son dos qu'il lèche à coups de langue vigoureux. De temps en temps, il s'arrête et lui jette un regard plein de tendresse.

Aurélie mange avidement son pain et sa purée de banane, elle boit de longues goulées de lait à même le carton, observant son chat, tout étonnée.

— Tu n'as pas faim ? D'habitude, tu es si gourmand...

Mais le jeune chat interrompt sa toilette. Il s'aplatit sur le ventre.

— Quoi ? Que se passe-t-il, Andalou ?

Andalou, immobile, tendu, observe intensément à travers les fourrés. Aurélie essaie de voir, ne distingue rien. Quel animal ou quelle catastrophe, encore, va leur tomber dessus ?

Le chat saute brusquement. Vroum ! S'immobilise tout aussi vite.

— Mon p'tit loup, mais...

Il se retourne vers Aurélie, l'air réjoui, tenant délicatement entre ses crocs une bête minuscule. Il s'approche.

— Oh non ! Une mésange ! Fais pas ça ! crie Aurélie.

Andalou s'arrête, tout surpris.

— Quoi, semble-t-il lui dire, ça ne te fait pas plaisir de voir comme je suis devenu un excellent chasseur, depuis hier?

Il ouvre la gueule, laisse tomber son cadeau aux pieds d'Aurélie.

Elle tend lentement la main vers l'oiseau, couché sur le côté, sa petite tête ballante et sans vie.

Mais juste au moment où Aurélie la prend dans sa paume, la mésange bat des ailes et s'envole dans le sous-bois. La rusée! Elle faisait la morte!

Andalou a l'air déçu. Son cadeau est disparu! Et Aurélie semble de bien mauvaise humeur...

— Ass... assassin! bégaie Aurélie soudainement. T'es plus mon ami!

Elle voudrait frapper son chat. Lui donner des gifles et des claques! Lui tordre le cou! L'attraper par la queue et le lancer au bout de ses bras!

Andalou recule, il ne comprend rien à cette colère soudaine, à ce visage rouge et grimaçant, à ces cris.

— Ah! comme ça t'as pas faim, sale bête! hurle la petite fille. Va-t'en! J'veux plus te voir!

Andalou s'éloigne, apeuré et mécontent, se cache à demi sous les branches, lui tourne le dos. Puis se met à courir.

— Hé! Ne t'en va pas! crie Aurélie, qui perd sa colère d'un coup. Ne me laisse pas toute seule! Attends-moi!

Elle ramasse à la hâte le carton de lait, le fourre dans son sac et suit tant bien que mal son chat qui file à travers les fourrés.

Mais Andalou ne la laisse plus s'approcher de lui. De temps en temps, quand même, il se retourne et l'attend.

— Tu ne m'écoutes pas, grogne Aurélie, encore très fâchée. Viens ici tout de suite! On va pas retrouver notre chemin

comme ça! Attends-moi! On va n'importe où!

Andalou ne veut rien savoir d'elle. Il court, s'aplatit pour passer sous les arbres tombés, grimpe sur les souches moussues. Il circule facilement dans la forêt, lui! Et il ne porte pas de sac à dos qui s'accroche partout. Aurélie suit avec peine les taches multicolores qui bondissent çà et là au travers du taillis.

Mais une mouche couleur de bronze s'approche du jeune chat, puis une autre, une autre encore. Une escadrille! Elles tournent autour d'Andalou, l'attaquent et le piquent. Il donne des coups de queue et de pattes, il tente même d'en avaler une ou deux, mais que faire contre une armée d'ennemis minuscules?

— Laisse-moi te mettre de la lotion, au moins, halète Aurélie, qui s'approche à quatre pattes, tout essoufflée. Laisse-moi t'aider.

— Merrouin?

Il l'observe avec méfiance. Est-elle encore son amie, cette petite fille qui ne veut pas d'un chat chasseur? semble-t-il lui dire. Qui le gronde quand il lui apporte un trophée? Qui l'insulte?

Aurélie sort de son sac la potion magique du gardien et en verse un peu dans ses paumes. Elle tente de passer les mains délicatement sur le pelage du jeune chat. Andalou se rebiffe. Ouach! Il n'aime pas l'odeur de la citronnelle. Mais les mouches hésitent à se poser sur son dos. Alors il laisse Aurélie continuer. Elle l'effleure entre les deux oreilles... sur chacune de ses pattes...

Il se roule sur le dos pour qu'elle en applique aussi sur son ventre. Il daigne ronronner un tantinet.

— J'aime pas ça quand tu attaques les petites bêtes, chuchote-t-elle finalement. Elles sont si jolies... et sans défense...

Elle soupire.

— Mais je sais bien que les chats dévorent les oiseaux, les souris et toutes sortes de bestioles. T'es un félin, pas une petite fille comme moi.

Andalou lui passe un coup de langue sur le dessus de la main, là où il n'y a pas de lotion à la citronnelle...

— Bon, on y va! Tu as l'air de savoir quelle direction prendre, toi. Je te suis!

Andalou bondit. Il se précipite aussitôt dans un taillis plus épais, plus dense que tout ce qu'Aurélie a traversé jusqu'ici. Elle doit ramper à plat ventre, comme un serpent, et pousser son sac devant elle car, si elle le gardait sur son dos, il s'accrocherait aux branches basses. Elle ne voit rien, le nez dans l'odeur de champignons, de racines et de mousses.

— Merrouin! lance le chat tricolore, triomphant.

Elle lève la tête. Avec la main, elle écarte une branche touffue.

Au-delà de son nez, de son sac à dos et de la branche touffue, de longues herbes se balancent mollement. La brise a une odeur d'algues et de sel. Au-delà des herbes, une plage de sable fin, puis des vagues paresseuses, qui s'attardent à lécher le sable et les galets...

— Le fleuve!

8

Une étrange falaise

De ce côté-ci de l'île, le fleuve est si large qu'on dirait presque la mer. On ne voit que les ondulations des montagnes bleutées, loin, très loin, sur l'autre rive.

Les deux amis cabriolent longtemps sur la longue plage déserte. Ils courent vers l'eau qui vient caresser le sable fin. Ils font lever des bandes de mouettes qui tournoient et piaillent comme des excitées en dessinant des cercles et des huit au-dessus des vagues. Andalou s'enthousiasme.

— Andalou, mon p'tit fou, tu vas pas chasser des oiseaux plus gros que toi, quand même! Viens! On est sur la plage du nord! Si on

marche vers l'ouest, on trouve le phare!

— Merrouin?

— De quel côté se trouve l'ouest? Mais... euh... on peut essayer par là... Tu vois, à l'autre bout de la baie, ce rocher qui avance dans le fleuve? On va par là.

Aurélie scrute le ciel et fronce les sourcils.

— Tu ne trouves pas, toi, que le soleil baisse? Il faut se dépêcher un peu.

Les deux amis se hâtent en direction du gros rocher. Aurélie, tout en cheminant, tient son conseil de guerre.

— Andalou, qu'allons-nous faire maintenant que je t'ai retrouvé? Comment leur expliquer, au phare, que je ne peux plus retourner au chalet? Que Marthe est trop en colère après moi? Vont-ils m'aider? Si je pouvais parler à mon père, aussi...

Elle s'assombrit.

— Mais il est parti en voyage, comme toujours... Et puis, je ne le connais pas beaucoup, mon père... ajoute-t-elle en soupirant. Il a quand même envoyé des sous à Marthe pour les vacances, tu sais...

Pendant qu'Aurélie se préoccupe de leur avenir et du temps qui fuit, Andalou, au lieu de l'écouter, lorgne les familles d'eiders qui flottent au gré des vagues. Le rocher semble grandir de plus en plus à mesure qu'ils s'approchent.

— Qu'est-ce qu'il a, donc, ce rocher? Il a l'air bizarre. Il prend tellement de place! Une vraie falaise!

Soudain, Aurélie s'arrête et pointe le doigt vers le cap qui s'avance dans le fleuve.

— J'ai trouvé! C'est lui le géant!

La falaise forme une énorme tête vue de profil. Avec son large front calme, son œil de pierre, son nez recourbé et sa bouche un peu sévère, le géant surveille le fleuve. En arrière de sa tête, des épinettes lui font une belle chevelure ébouriffée qui descend vers la forêt.

La plage cède la place à des galets, puis à des roches de plus en plus massives, empilées les unes par-dessus les autres, comme un éboulis au bas de la falaise.

— Andalou! Ça ne passe pas! L'eau monte! Le géant nous bloque le chemin! Et moi, se plaint Aurélie, je commence à avoir mal aux pieds.

Mais le chat saute sur une grosse roche, et puis sur une autre, un peu plus haut. Il s'assoit et attend qu'Aurélie le rejoigne. Il faut monter sur la tête de pierre.

— Je ne suis pas capable... j'ai peur de grimper... J'ai le vertige!

Mais Andalou fait le sourd et ne bouge pas d'un poil.

Alors elle se décide et, s'aidant des mains, elle se hisse à son tour. Elle n'a pas l'agilité d'un chat comme alpiniste. Une roche cède sous son pied, roule jusqu'en bas. Et cette vieille racine sèche, va-t-elle tenir?

«Prudence, Aurélie, fais attention à toi», murmure une voix grave dans sa tête. Mais qui donc lui parle?

Elle continue d'escalader la falaise, elle n'a pas le choix. Elle jette un coup d'œil derrière elle. La plage vacille!

«Ne regarde pas en bas, chuchote la voix grave, concentre-toi. Fais des gestes petits et précis. Une main là. Vérifie la solidité de ta prise... Bien. Le pied droit maintenant. Continue. Lentement, Aurélie, lentement.»

Aurélie ne comprend rien à cette voix basse qui l'accompagne. Mais plus elle grimpe, plus elle se sent habile.

«Bien, un dernier effort... Passe par cette corniche. Accroche-toi.»

Encore une main ici, un pied là. Andalou arrive le premier, il lui lance des cris d'encouragement.

— Je suis rendue! crie Aurélie. J'ai réussi!

La petite fille, pantelante, s'écroule sur la tête du géant.

— Oh !

Devant Aurélie, le ciel et le fleuve semblent avoir encore grandi. L'espace est si vaste que la tête lui tourne. Le soleil, entouré de nuages roses, flamboyants, descend lentement de l'autre côté du fleuve. Plus à l'ouest, au bout d'une nouvelle baie, le phare au toit rouge se dresse fièrement.

— On a trouvé le phare, dit Aurélie, à bout de forces, soudain. Il faudrait redescendre de l'autre côté maintenant. Mais descendre, c'est encore plus difficile...

« Attends, Aurélie, attends... Repose-toi. »

— Andalou, entends-tu le géant parler, toi aussi ?

Mais Andalou se frotte contre ses jambes en ronronnant. Lui, il n'entend rien.

Alors, Aurélie s'assoit sur la tête du géant et, tenant Andalou dans ses bras, contemple le soleil qui s'enfonce loin là-bas, derrière les montagnes violettes. Le fleuve se colore d'orange, d'or et d'argent. L'eau et le ciel tremblent dans la lumière. On ne sait plus où commence le fleuve ni où finit le ciel.

Aurélie, émerveillée, n'a pas de mots.

Tout d'un coup, le soleil bascule de l'autre côté du monde, disparaît derrière les montagnes violet sombre. En même temps, la tristesse, comme une énorme vague, envahit la tête, le cœur et le ventre d'Aurélie.

— Tu sais, mon Andalou, j'aimerais rentrer au chalet maintenant. Maman me ferait un chocolat chaud et je mangerais des biscuits à l'érable... Peut-être que...

Elle a envie de pleurer.

— Tu veux du lait, mon minou?

Aurélie verse un peu de lait dans le creux de sa main, le chat lape avec avidité. Elle boit les dernières gorgées à même le carton, en renversant la tête, elle boit jusqu'à la dernière goutte.

Puis, sans s'en apercevoir, la petite fille se laisse glisser sur le côté. Le fleuve éteint ses lumières d'or et d'argent. La nuit s'installe.

«Je suis là...» murmure le géant.

Aurélie, son Andalou blotti contre son cœur, plonge dans le sommeil comme on tombe dans un grand trou noir.

9

Folle d'inquiétude

— Andalou, marmonne Aurélie, tu ronronnes trop fort... Il fait un peu froid, non?

La petite fille, tout engourdie, se réveille lentement. Tiens, elle n'a pas dormi dans son lit. Elle se retrouve couchée en chien de fusil, son capuchon sur la tête. Le seul endroit chaud, c'est près de son ventre, là où Andalou dort en boule, comme une petite bouillotte.

— Mais... mais on ne voit rien... Le brouillard prend toute la place! Et c'est pas toi qui ronronnes!

Aurélie se réveille complètement pendant que l'étrange bruit de moteur s'éloigne et s'éteint dans la brume opaque.

— On ne pourra jamais descendre vers le phare... On est
prisonniers!

Mais à travers la brume épaisse,
elle perçoit quelque chose, très
loin.

— O-é-li... li li li...

Et encore une fois le même
chant.

— O-é-li li li...

Le banc de brume se déchire
d'un coup. Le fleuve, le ciel et la
baie apparaissent, dans la splen-
deur rose et bleue de l'aube. Très

loin, à mi-chemin entre le phare et la falaise, deux points noirs sur les rochers bougent légèrement.

Aurélie se lève d'un bond, fait d'énormes moulinets avec les bras.

— Ici! Sur la tête du géant! Venez m'aider!

Les deux silhouettes se mettent à courir, elles se déplacent en zigzag le long de la baie. Elles approchent, elles enflent à vue d'œil. Deux hommes! Déjà ils arrivent au pied de la falaise, du côté du phare, ils lèvent la tête.

— Antoine! Je suis là!

Eux aussi crient vers elle. Cette fois, leurs cris parviennent à son oreille comme une musique! Une fanfare!

— AURÉLIE! NE BOUGE PAS! ON VIENT!

Et l'écho de la falaise répète, gravement, RÉLI-LI... OUJPA-PA... VIEN-VIEN... L'écho de la falaise ressemble à la voix du géant!

Antoine et le gardien escaladent le cap par le côté, ils s'accrochent

aux branches et aux pierres. Ils grimpent avec précaution et rapidité. Des vrais alpinistes!

Quand ils se hissent enfin au sommet, ils soufflent comme des chevaux après la course.

— Aurélie, tu vas bien?

— Ces égratignures! As-tu mal? As-tu froid?

Ils ne la laissent pas répondre. Ils la tâtent partout, comme on le fait avec un melon du marché pour voir s'il est bien mûr.

— Pas de blessures!

— Elle va bien!

Ils se calment et Antoine commence à cueillir dans ses nattes des milliers de brindilles comme s'il s'agissait de marguerites.

— Nous t'avons cherchée jusqu'à tard hier soir, près des marécages. Tu n'as pas entendu?

— Non, chuchote Aurélie. Hier soir, je tenais compagnie au géant. Il t'a déjà parlé, à toi?

— Non, murmure Antoine, estomaqué. Mais la légende de l'île

raconte qu'autrefois il a sauvé un bateau perdu et que le capitaine l'a entendu lui dire quoi faire. Il... il t'a donc parlé? Chanceuse!

— Il est temps de redescendre, interrompt le gardien, préoccupé. Aurélie, tu te places devant moi, comme ça.

— Et Andalou?

Mais le jeune chat a déjà sauté dans le sac d'Aurélie, qu'Antoine passe sur son dos.

La caravane descend à reculons, le gardien en premier, puis Aurélie au centre. Antoine ferme la marche. Andalou a laissé sa tête dépasser du sac et inspecte avec passion les oiseaux de mer qui planent autour d'eux.

Ils arrivent rapidement au pied de l'énorme rocher. Ce qui avait paru si difficile hier, à Aurélie, est une petite descente de cinq minutes!

Mais le gardien les presse de se mettre en marche vers le phare.

Il a l'air soucieux. Ils se hâtent sur les galets et les roches plates.

— Aurélie, j'ai quelque chose à te dire.

Le gardien la dévisage avec sévérité.

— Ta mère m'a raconté que tu t'es sauvée.

La petite fille baisse la tête.

— Ta mère est folle d'inquiétude, Aurélie. Nous t'avons cherchée une partie de la nuit, j'ai appelé la police et la garde côtière, qui sont en route pour venir nous aider. Nous avions peur que tu sois blessée, ou morte! Il ne faut jamais aller seule dans la forêt, voyons! Tu es assez grande pour comprendre ça!

Mais une autre silhouette, là-bas, qu'ils n'avaient pas vue, court à leur rencontre.

Le cœur d'Aurélie se crispe si fort qu'il se transforme en caillou. Elle prend Andalou dans ses bras et le presse contre elle.

— Ma mère!

10

Des flammèches

Aurélie regarde la silhouette grossir, s'approcher de plus en plus, elle entend Marthe haleter.

— Aurélie! Aurélie!

Marthe, à bout de souffle, se précipite vers sa petite fille, l'attire contre elle, l'étreint si fort qu'elle l'étouffe. Andalou a tout juste le temps de sauter sur le sol.

— Ma toute petite, ma poupée, j'ai eu si peur!

Marthe a peine à parler. Elle a les yeux cernés et des piqûres de maringouins constellent ses joues et son front.

— Maman, balbutie Aurélie, qui n'y comprend plus rien, t'es pas fâchée?

— Regarde-moi. Oh! t'es tout égratignée, toute sale... Tu as dû avoir si froid cette nuit, mon bébé!

— Maman, répète Aurélie, qui n'ose pas y croire, tu n'es pas en colère? Tu veux encore de moi comme petite fille?

— En colère? Mais non, voyons, j'étais si inquiète! Ma chouette d'amour!

Marthe laisse couler ses larmes. Elle frissonne en caressant d'une main les cheveux de son enfant.

— Tu n'es pas blessée? Tu n'as rien? Aurélie, si tu... je... Mais pourquoi es-tu partie? Quelle idée de te sauver!

— Maman, avoue Aurélie, la voix chevrotante, j'étais partie à la recherche d'Andalou.

— Il t'a entraînée dans la forêt! coupe Marthe. J'aurais dû m'en douter!

— Mais non, plaide Aurélie, j'ai...

Mais Marthe, tenant toujours sa fille étroitement serrée contre elle, se tourne vers le chat bigarré.

— Maudit chat! C'est de ta faute!

Andalou se hérisse, le poil de son dos et de sa queue triple de volume. Il crache de colère et d'indignation.

La petite fille se dégage brutalement des bras de sa mère.

— Tu... tu n'aimes pas Andalou! Tu le... tu le détestes! bégaie Aurélie, qui tremble de plus en plus à mesure que les mots jaillissent. Mais moi, je l'aime! C'est mon ami! Toi, tu voudrais qu'il soit mort!

— Oui, crie Marthe, hors d'elle, oui, je l'haïs ton chat! On était bien mieux avant toutes les deux! On était tranquilles! Comment as-tu pu me faire une chose pareille? Es-tu folle? Me désobéir! T'enfuir dans la forêt! J'ai pensé que tu étais morte! Comprends-tu ça, à la fin?

Marthe attrape le bras d'Aurélie et le secoue de toutes ses forces. Ses yeux noirs lancent des flammèches. Elle hurle et hurle, comme une sorcière qui jette des mauvais sorts.

— Va-t-il falloir t'enfermer à clé pour t'empêcher de faire des sottises? T'attacher avec une laisse? Te mettre dans une cage?

Le gardien s'interpose.

— Madame, calmez-vous. Votre enfant n'a rien... Tout va bien aller maintenant.

Pendant que Marthe reprend son souffle, Aurélie reste figée, muette. Le caillou pèse une tonne dans sa poitrine.

Antoine, qui attendait un peu plus loin, s'approche à son tour, lui prend la main.

— Pourquoi tu me l'as pas demandé, Aurélie, d'aller avec toi dans la forêt? J'aurais aimé ça, moi, t'aider à le retrouver, ton chat plein de picots! Je connais l'île comme le fond de ma poche! Et puis ton Andalou, il ne courait pas grand danger. Il pouvait chasser pour se nourrir et... franchement, je pense qu'il avait juste le goût d'être libre.

— Tu as raison, admet Aurélie tristement, en retirant sa main. Je l'ai vu attraper un oiseau. Il se débrouillait bien, lui, dans la forêt.

— Ah! tu vois! Écoute, si tu veux, je vais t'amener avec moi partout dans l'île cette semaine. Je connais une caverne pleine de chauves-souris, une anse où les loups-marins viennent s'amuser. On suivra les pistes de chevreuils, je t'enseignerai le nom des oiseaux et...

— Non, murmure Aurélie, en détournant le tête. Maman va vouloir que je reste à côté d'elle.

Marthe, songeuse, regarde Antoine et sa petite fille. Elle ne souffle mot.

11

Une bulle transparente

Elles sont assises côte à côte sur les grands rochers plats en avant du phare au toit rouge. Elles ont entouré de leurs bras leurs genoux repliés, appuyé leur menton dessus. Elles fixent l'horizon, là où l'eau et le ciel se confondent, là où le fleuve ressemble à la mer. Andalou, resté avec Antoine, à côté de la maison du phare, les surveille de loin.

Marthe hésite longuement. Lorsqu'elle se décide à parler, sa voix prend une étrange tonalité, un peu rocailleuse.

— Aurélie, écoute, je ne voulais pas qu'Andalou vienne avec nous. Mais tu as tellement insisté... Il

prend trop de place, il m'énerve et j'ai peur qu'il gâche mes vacances. Et puis tu as raison..., je ne l'aime pas.

Des larmes débordent et roulent sur les joues d'Aurélie. Ça fait deux ruisseaux. Ça goûte salé. Mais, chose étrange, sa mère ne ressemble plus du tout à une sorcière...

Pendant ce temps, Andalou, que personne ne remarque, s'approche sans bruit derrière elles en sautant d'une roche à l'autre.

— Mais toi, je t'aime, continue Marthe de sa drôle de voix rauque. Il n'y a personne de plus important au monde que toi. Et je n'ai pas compris que...

Au même moment, le chat tricolore se faufile entre la petite fille et sa mère. Il se laisse tomber sur le côté. Il s'étire, bâille et se roule tout doux de gauche à droite. Il examine l'une, puis l'autre.

«Assez de disputes et de larmes, semble-t-il leur dire. Occupez-vous donc un peu de moi, le plus beau chat de l'île au Géant! Le plus gentil! Je veux des caresses, moi!»

La mère et la fille ne peuvent pas s'empêcher de sourire faiblement. Aurélie essuie ses deux ruisseaux avec ses doigts.

— Maman, dit-elle en reniflant, je ne me sauverai plus, je te le promets. Et Andalou, on l'enfermera dans le chalet...

Andalou s'immobilise, les quatre pattes en l'air, les oreilles bien droites et les moustaches en alerte.

— Non, murmure Marthe. Non, ma chérie. Ton chat ira avec toi et Antoine. Vous irez explorer l'île ensemble.

Aurélie frémit.

— Tu veux, maman? Tu veux pour de vrai? Tu me donnes la permission?

— Oui, dit Marthe, le regard brouillé, soudain. Mais à la condition que tu n'ailles nulle part sans Antoine! Et qu'on joue au scrabble tous les soirs! On invitera Antoine et le gardien!

Aurélie saute au cou de Marthe. Elle la serre si fort qu'elle l'étrangle. Elle rit comme une petite folle. Le caillou qui pesait si lourd sur son cœur disparaît par magie!

Au même moment, le gardien, là-bas, se met à crier.

— Le voilà qui arrive! Il venait pour les recherches!

— Maman! Une bulle de verre volante! Un hélicoptère! C'est ça le ronronnement que j'avais entendu dans la brume!

Dans un bruit de pales, il passe au-dessus d'elles et se pose, telle une libellule géante, près de la maison du phare.

Le gardien, là-bas, parle au pilote et gesticule. Il fait des signes à Aurélie.

— Viens! Viens vite!

Aurélie bondit sur ses pieds, court vers le gardien, qui continue à faire de grands gestes. Il l'attrape par la main, l'entraîne sous les pales de l'hélicoptère.

— Un cadeau pour toi, hurle-t-il. Comme ça, il ne sera pas venu pour rien!

Il la soulève et l'assoit dans la bulle de verre, sur le siège du passager, boucle la ceinture de sécurité. Marthe, qui les a suivis, s'énerve. Le gardien la retient par l'épaule, lui crie quelque chose à l'oreille, mais Aurélie n'entend rien, le vrombissement du moteur prend toute la place. Andalou pleure dans les bras d'Antoine, on le tend à Aurélie, il se met immédiatement à ronronner mais personne, évidemment, ne peut l'entendre dans un tel vacarme. On referme la porte, tout le monde s'éloigne.

À l'intérieur de la bulle, l'homme lance un clin d'œil à Aurélie.

— Tiens bien ton chat, hurle-t-il à son tour pour se faire comprendre. On va se balader! Es-tu prête?

Et là, très légèrement, l'hélicoptère penche le nez vers l'avant, s'élève d'un coup dans le ciel. Aurélie retient son souffle, s'accroche à son chat. C'est comme les montagnes russes! Le pilote, lui, sourit, tout heureux.

Le gardien, Antoine et Marthe agitent les bras, ils sont si petits, déjà, des fourmis! Les sapins ressemblent à des allumettes!

La bulle monte et monte encore plus haut, à la vitesse d'un ascenseur. Puis elle s'immobilise en bourdonnant. Elle se balance mollement, comme un gros ballon, et les passagers restent suspendus entre ciel et terre.

On voit tout en même temps, le phare, la tête du géant, la plage, les marécages, le ruisseau, la forêt magique, et même le toit du chalet, la route qui va vers le quai! Et, tout autour, l'immense fleuve!

— Comme elle est belle, l'île, souffle Aurélie. Un petit paradis... Elle a l'air toute fragile, couchée dans l'eau du fleuve. Heureusement qu'elle a son géant pour la protéger! Et nous, Andalou, nous flottons au-dessus du monde!

Alors le pilote, en souriant, comme en rêve, ramène très lentement leur bulle transparente jusqu'à la terre où les attendent Marthe, Antoine et le gardien.

L'hélicoptère se pose en douceur. Aurélie, son chat blotti dans ses bras, s'élance vers eux. Les plus belles vacances de sa vie commencent pour de bon!

FIN

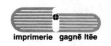

imprimerie gagné ltée

IMPRIMÉ AU CANADA